대즐러

Translated to Korean from the English
version of Dazzlers

엘라나가

Ukiyoto Publishing

모든 글로벌 퍼블리싱 권리는

Ukiyoto Publishing
2024 년 발행
콘텐츠 저작권 © Elanaaga
ISBN 9789362695871

판권 소유.
*이 출판물의 어떤 부분도 출판사의 사전 허가 없이 전자적,
기계적, 복사, 녹음 또는 기타 수단에 의해 어떤 형태로든
검색 시스템에 복제, 전송 또는 저장할 수 없습니다.*

저자의 저작인격권이 주장되었습니다.

*이것은 픽션 작품입니다. 이름, 등장인물, 사업체, 장소,
사건, 지역 및 사건은 저자의 상상의 산물이거나 허구의
방식으로 사용됩니다. 살아 있거나 죽은 실제 사람, 또는
실제 사건과 닮은 것은 순전히 우연의 일치입니다.*

*이 책은 출판사의 사전 동의 없이 출판된 것 이외의 어떤
형태로든 제본이나 표지로 거래, 재판매, 대여 또는 기타
방식으로 배포되지 않는다는 조건에 따라 판매됩니다.*

www.ukiyoto.com

저의 친한 친구인
Dr. D. Narayana(두바이) 에게요.

목차

살아있는 시체   1

실현   2

변화   3

덧없는 기쁨   4

돌출   5

예민한 얼굴   6

수량 - 품질   7

환멸   8

효과   9

형상   10

미스 포츈   11

부조리   12

자세 – 성공   13

더 큰 시험   14

'좋아요 - 모두' 증후군	15
시간은 가르친다	16
고통 – 즐거움	17
Felicitous Felicitation	18
본질적인	19
추측할 수 없는	20
올바른 구제	21
호환성	22
환희	23
수차 (Aberrance)	24
성스러운 흐느낌	25
노력 – 효과	26
더 멜로잉 (The Mellowing)	27
핵심 상품	28
불만	29
시도 – 결과	30

보호 덮개	31
인식	32
격차	33
은폐	34
베인 – 은혜	35
분산	36
주거 - 그들의 역할	37
구별	38
포춘 오브 포티 윙크스	40
위대한 파괴자	41
다른 분별력	42
조화의 행운	43
장소의 힘	44
경험 – 결과	45
늙음의 이점	46

광채 – 비하	47
표면적인 광택	48
예	49
경이	50
페이스 북 – 진짜 훅	51
가짜 스트레이트 슈터	52
성적	53
과대 광고 – 낙진	54
단어 – 가치	55
시 – 시인	56
미숙한 시	57
구두쇠	58
원	59
잠식	60
무거움의 고통	61

건초 더미	62
족쇄의 시대	63
피로	64
외형적 매력	65
불일치	66
새로운 진리	67
결함	68
문제	69
무관심 – 애프터 이펙트	70
매력의 뿌리	71
겉으로 드러나는 빛	72
작성자 정보	73

엘라나가

살아있는 시체

눈이 있음에도 불구하고
 아름다운 것을 볼 수 없다.
 귀가 있어도
 달콤한 음표가 들리지 않는다.
 나는 심장이 있다
 그러나 그 안에는 아무런 감정도 없다
 시체가 나보다 낫지 않나?

실현

　　부유해진 것
　　나는 모든 사치를 맛보았다
　　하지만 가난한 사람과 하루를 보내는 것
　　미덕의 귀감은 누구인가?
　　나는 내가 가장 가난하다는 것을 깨달았다

변화

나는 손에 칼을 들고 달렸다

거만한 사람의 머리를 자르다

그러나 그의 다정한 미소에 감동을 받았다

그에게 꽃을 내밀며

그의 발 앞에 엎드려

그리고 돌아왔다.

대즐러

덧없는 기쁨

나는 기쁨으로 우쭐거렸다
내가 육지에 도착했을 때
깊은 협곡에서
그러나 곧 슬픔을 깨달았다
나는 산을 올라야 한다.

돌출

취지를 제쳐 두기

어떤 단어는 눈에 거슬리게 돌진합니다

시에서 앞으로;

항상, 그러한 지식

시인의 마음 속에 있어야 합니다.

대즐러

예민한 얼굴

그는 자신이 그렇게 한 것을
기뻐했다
가장 고운 안색
전체 수업에서.
하지만 더 예쁜 소년이 합류했을 때,
그의 얼굴이 "어두워졌"습니다.

수량 - 품질

한 시인은 이렇게 썼다.
"나는 책 더미를 썼다."
중요한 것은 양이 아니라 질입니다.
 그는 깨달아야 한다.

환멸

번영의 결핍은 조약돌과 같고,

만족의 결핍은 큰 산입니다.

창의성의 행운은 태양입니다.

안락 소재의 내용,

단지 촛불일 뿐이다.

효과

그가 정원사였을 때,
그의 숨결에 재스민이 피어났다.
하지만 그가 클럽의 점원이 되었을 때
오로지 화폐의 악취만이 만연했다!

형상

밀실에 앉아서
나는 신문을 펼쳤다.
외부 세계
내 앞에 펼쳐져 있었다.

엘라나가

미스 포츈

그는 슬픔에 잠겼다.

그에게는 사다리가 없었기 때문이다

이제 좋은 시간이 왔을 때 그는 하나를 얻었습니다.

하지만 사용할 수 없습니다

그는 병상에 누워 있기 때문에

부조리

둔머리가 움직일 때

새로운 벤츠 자동차에서

모든 이목이 그쪽으로 향한다

그러나 어떤 머리도 쳐다보려 하지 않는다

박학다식의 산

구루병 스쿠터 타기

이것은 흔한 사건에 불과합니다

자세 – 성공

내 적은 호랑이처럼 울부짖었고
사자처럼 솟아올랐다.
용감했다, 나는 그랬다.
그러나 나중에 그가
진지한 침착함을 유지했다
나는 두려움에 떨었다

ös
더 큰 시험

시험 응시를 마쳤습니다.

이제 더 큰 시험을 준비하고 있습니다

이게 무엇이죠?

결과 대기 중

수험의!

'좋아요 - 모두' 증후군

나는 당황한다

Facebook에서 '좋아요'를 볼 때

싫은 것은 없습니다!

이것은 풀리지 않는 수수께끼가 아닙니까?

시간은 가르친다

책임감이 두렵기 전까지는
 나는 어린 시절의 가치를 깨닫지 못했다
 깊은 숲 속에서 길을 잃을 때까지
 나는 뒤뜰의 즐거움을 인식하지 못했다

 불꽃이 타오를 때만
 스노우의 가치는 아마도 알려져 있을
것입니다

엘라나가

고통 – 즐거움

나는 역겹다.

　승리가 연달아 일어났다.

　나는 괴로워한다

　패배가 나를 피하였기 때문이다

　어쩌면 불행일지도 모른다

　고통스러운 쾌락보다 낫다

Felicitous Felicitation

사막

대담하게 짙은 구름을 꿈꾼다

와 함께 felicitation 을받을 자격이 있습니다.

빗방울의 화환

엘라나가

본질적인

성격이 사람을 결정한다

 단검을 좋아하는 분

 동정심을 좋아하지 않는다

 토끼를 기르는 다른 사람

 잔인함을 혐오한다

대즐러

추측할 수 없는

달이 구름 뒤에 숨어 있을 때
우리는 그것을 알 수 있습니다
그러나 때로는 추측 할 수 없습니다
누군가의 말 뒤에 무엇이 있습니까?

올바른 구제

최근 전 세계가

나에게 검은 색으로 보임

사람, 주변 환경 - 모든 것

내 주위가 어둡다

나는 많은 고민을 했다

올바른 치료법을 선택했습니다.

탁한 곳을 씻어내세요

내 안에 쌓인

호환성

그의 마음은 버터처럼 부드럽다

칼처럼 날카롭다

칼은 부드러워지지 않습니다

버터로 육화할 수도 없다

결과는 슬프게도 -

그는 매일 자기 자신과 싸우고 있습니다

엘라나가

환희

노래는 갠지스 강입니다
라가는 뗏목입니다
메모는 혜택입니다
그리고 그 여행은 즐겁습니다

수차 (Aberrance)

내가 가난한 사람의 삶을 살았을 때

나는 단지 음식을 원했을 뿐, 그 이상은 원하지 않았다.

이제 음식은 충분합니다

그리고 오, 내 마음은 자전거를 갈망하고 있습니다!

성스러운 흐느낌

숭고한 시를 읽을 때마다 나는 울었다
 멋진 음악을 들을 때마다 눈물을 흘렸다
 의인화된 인간을 만날 때마다,
  나는 훌쩍였다

그토록 많은 울부짖음이 있은 후
 내 마음은 얼마나 성화되었는가!

노력 – 효과

총이 묻혀 있는 곳

총알이 박힌 나무가 싹을 틔운다.

사랑의 씨앗을 뿌려라

그대의 마음의 밭에서, 나의 친구여.

애정이 풍부하게 자랍니다

더 멜로잉 (The Mellowing)

그는 성난 황소처럼 날뛰었다

마을의 거리에서.

집에 도착하자마자

아이들은 따뜻하게 인사했습니다.

단번에 그의 돌 같은 심장은

얼음처럼 녹았다!

핵심 상품

말은 겉옷일 뿐이다

시에서

사실, 우리는 그들을 위해 투쟁해야 합니다.

그러나 그보다 더 중요한 것은 없습니다

핵심 성분

어떤 시도 싹을 틔울 수 없다

메마른 마음에

불만

언어를 스레드로 만들기
 나는 낱말을 읊고, 시로 화환을 만들었다

 향기로운 선이 되었습니다
 그러나 말은 잘 맞지 않습니다
 쉿쉿 하는 문장이 되었다
 그리고 나를 물어뜯으려고 벌떡 일어섰다

시도 – 결과

달콤한 노트가 분비됩니다
대나무가 상처를 입었을 때만
씨앗은 기름을 불러 일으킨다
구타를 당했을 때만

혹독한 수고
좋은 결과를 위해 필요합니다.

보호 덮개

당신이 그를 칭찬한다면
그는 그저 미소를 지을 뿐이었다
당신이 그를 비판한다면
그는 그저 미소를 지을 뿐이었다
그를 질책하면
그는 그저 미소를 지을 뿐이었다
당신이 그를 때리면
그는 그저 미소를 지을 뿐이었다

미소는 강한 코르셋이었다
그것은 그의 내면을 보호하고 있었다
꽃다발과 벽돌방망이에서

인식

달콤한 *라가*는 나올 수 없습니다.

금으로 만든 플루트

장미 꽃잎은 유용하지 않습니다.

모든 카레 요리에 적합

금전적 가치

Mar Man 의 인식

격차

이것은 불균형의 세계입니다

여기, 작은 물고기를 집어삼키는 큰 물고기가 있습니다

더 큰 놈이 잡아먹는다

같은 방식으로, 키 큰 친구

키가 큰 사람에게 속아 넘어간다

모두가 노력해야 합니다.

단계적으로 조금씩 앞으로

하늘을 만져보세요

은폐

바다가 고요해 보인다

그것은 화산을 숨기고 있을지도 모릅니다.

어떤 사람들은 동요하지 않는 것처럼 보입니다

하지만 내부에서는 폭탄이 터지고 있습니다

게이지가 없습니다

측정할 수 있는 것

내부 황폐

베인 – 은혜

생명이 달려 있다면

임금에 있어서는 비극이다

애정으로 강화함

풍요로움보다는

진정한 번영입니다

분산

오솔길의 심장 발자국
뇌가 구름을 타고 여행하는 동안

하나는 훌륭합니다.
다른 하나는 좋다.

주거 - 그들의 역할

자신의 집에 오래 머물기
농가에 가는 것 같은 느낌이 든다
그러나 거기에서 계속할 수 없습니다
집에 가고 싶어

나에게 시는 자신의 집이다
번역은 농가입니다

하지만 최근에는
그들은 그들의 역할을 바꿨습니다

구별

하늘길을 나는 새는 위대하지 않습니다

날개가 있기 때문이다

궁창에 떠 있는 연

또한 좋지 않습니다.

문자열이 붙어 있기 때문에

웰킨을 향해 쏘아대는 크래커

어느 쪽도 놀랍지 않다.

안에 화약이 들어 있기 때문에

하늘 높이 날아오르는 비행기

그것도 기적이 아닙니다

그것은 연료의 힘으로 그렇게 하기 때문이다

그러나 시인의 상상력

하늘을 만지는 것은 정말 대단합니다

도움 없이

위업을 달성함에 있어

포춘 오브 포티 윙크스

푹신한 매트리스에서 자려고 합니다.
AC 룸에서 나는 성공하지
못했습니다.

질투는 나에게 남겨진 것이다
가난한 사람들을 보았을 때
딱딱한 흙 위에서 통나무처럼 잠을
잔다

엘라나가

위대한 파괴자

혀보다 더 파괴적인 것은 없습니다

한 문장
많은 사람들의 마음에 혼란을
일으킬 수 있다
하나의 발화로 충분합니다
격변을 일으키다

다른 분별력

미국에 들어온 인도를 보면
크게 기뻐하고 있습니다
그러나 미국을 보니
인도에 침투한
우울을 느낀다

하나는 우리의 껄끄러움의
표시입니다
다른 하나는
우리의 문화를 파괴한다

조화의 행운

명사를 얕잡아 보는 행위
형용사는 다음과 같이 자랑했다.
"너의 발전은 오직 내 안에 있다"
명사는 지하로 들어갔다
몇 년 동안 돌아 오지 않았다.
형용사는 시무룩하게 앉아 있었다
그리고 숙고했다 :
"명사로만 영광을 누린다
명사만 있으면 성실하다"

장소의 힘

여덟 명의 사이퍼가 일렬로 섰다
숫자 1 의 왼쪽에
후자는 0 을 조롱했습니다.
"오직 내 안에만 너의 존재가 있다.
나 없이는 너의 가치는 무의미하다"
논의된 사이퍼들
왼쪽에서 오른쪽으로
마이그레이션되었습니다.
지금
숫자 1 은 아무것도 남지 않았습니다.
얼굴이 길어지는 것을 제외하고는

경험 – 결과

잡지에 기사가 보내졌습니다
감정 및 출판을 위해
잡지는 그것을 인쇄하지 않았다
 오랫동안 방석에 머물렀다
 기사가 작성자에게 머물렀더라면
 매일 관심을 받았을 것입니다
 보살핌 없이 오랫동안 시들해졌다
 몇 달 후에 돌아 왔습니다
 성서를 만든 사람은 한탄하였다
 매일 참석했습니다.
 기사는 반짝반짝 빛나기 시작했다
 그러나 새로운 잡지에 가는 것을 거부했다

46 대즐러

늙음의 이점

비밀번호 테스트를 통과할 수 없는

나

옛날 sans 암호를 꿈꾸다

그 옛날
패스는 많았고, 실패는 적었다

광채 – 비하

두꺼운 책 표지

항상 폄하하는 말을 한다.

내부 페이지에 대해

그러나 내부 페이지에는 다음이 포함될 수 있습니다.

심오한 물질

책 표지의 반짝임

반짝이의 표면적인 반짝임입니다

표면적인 광택

코로넷은 신발을 조롱하듯 웃었다

그러나 코로넷은 현실에서 별로 사용되지 않습니다

신발은 매우 유용하지 않습니까?

예

사실입니다

그 버스는 보행자보다 빠릅니다.

버스보다 기차, 기차보다 평범

그리고 비행기보다 우주선.

그러나 그것은 보행자 일뿐입니다

없이 움직일 수 있는 사람

연료의 즉각적인 요구 사항

경이

심오한 시는 태어날 수 없다
마음에 이슬비 없이
물집이 잡힌 가슴은 젖을 수 없다
촉촉하지 않은 말로

페이스 북 – 진짜 훅

페이스북의 버그에 물린 후,

당신의 뇌가 아프기 시작할 것입니다.

하루도 쉴 틈이 없으니,

뇌의 평화는 항상 방해가 될 것입니다.

가짜 스트레이트 슈터

어떤 사람들은 격렬하게 말합니다

분노는 참으로 나쁘다!

불쌍한 친구들이여, 그들은 눈이 멀었다

그들의 결함은 슬픈 일입니다.

성적

어떤 사람들은 할 수 없는 사람들입니다

(수천 루피 투자)

사업.

어떤 사람들은 수천 달러를 투자할 수 있습니다

그러나 수백 개도 되돌릴 수 없습니다.

과대 광고 – 낙진

나는 나 자신을 위대한 시인이라고 생각했다.

다른 사람들도 똑같이 말하게 만들었습니다.

40 년 후,

내 이름은 망각 속으로 사라졌다.

글을 쓴 다른 사람의 글

더 나았지만 침착함을 유지했습니다

밝게 빛났다.

단어 – 가치

나는 한 그릇의 말을 체로 쳐서
그중에서 한 움큼 골랐다
시를 쓰기 위해.
시가 잘 나왔다
버리지 않았다
나머지 단어.
그들은 시와 잘 어울렸다
다음날 썼다고!

어떤 단어도 버릴 수 없습니다
어쩌면 영원히!

시 – 시인

시는 꽃줄이다

매력적인 반사의

전쟁을 벌이는 시인

불쾌한 관념에 대항하여

그는, 그러므로,

아름다움의 전형

모든 경우에

엘라나가

미숙한 시

시적 사고는 계속 자라야 한다
펜의 자궁 속의 태아처럼.
완전히 자랐을 때만
그것은 태어나야 한다.
만삭 전에 태어난 아기
조숙하고 종종 약하다

구두쇠

나는 그 비참한 시인을 가장 좋아한다.

나도 조금 부럽다.

그는 더 적은 지출로 더 많은 혜택을 얻습니다

더 많이 쓰고 더 적게 얻는 동안

왜 우리는 더 많은 돈을 써야 하는가?

내 말은, 말이야.

원

보름 동안
빛과 어둠,
우리는 눌러야 합니다
생명을 가슴에 새겼다.
히말라야의 눈
겨울에 축적
여름에 녹는다

잠식

벽을 침범하고

완고한 정치인

고양이를 쫓아냈다.

고양이는 수줍음을 느꼈다

무거움의 고통

그 고통을 말로 표현하기는 어렵다

비가 내리지 않은 구름의.

비가 내린 사람들은 운이
좋았습니다.

다른 사람의 무거움 줄이기

우리가 생각하는 것만큼 쉽지
않습니다.

대즐러

건초 더미

나는 피곤하다
바늘을 찾는 것과 함께
이 건초 더미에서.

무서운 혐오스러운 사진,
한 줄짜리를 닮은 끈의 짧은 스텝,
내부에 물이 없는 마른 코코넛 –
모두 이 건초더미에 쌓여 있습니다
검색을 어렵게 만드는 것

하지만 멈추고 싶지는 않습니다.
바늘이 희미한 희망을
주변에 남아 있을지도 모릅니다!

***

족쇄의 시대

묶는 보이지 않는 손
밧줄에 묶인 내면의 본능
마음을 크게 불안하게 합니다.

시인을 위한 주제 선택의 족쇄,
씩씩한 사상가를 위한 신앙의 족쇄,
성숙한 사람들에 대한 편견의 것들 ...

족쇄를 풀어야 한다

좋은 시절은 언제쯤 올까요?
언제쯤 사람들이 족쇄에서 벗어날 수 있을까?

***

피로

뜨거운 햇볕 속을 여행하는 나

마을 밖에서 오후 중반...

키 큰 토디 나무가 있습니다.

그러나 그들은 얼마나 많은 그늘을 제공 할 수 있습니까?

숨을 헐떡이며 땀을 흘리고 있을 때,

작은 망고나무가 다정하게 나를 초대했다.

이 세상에는 항상 어떤 위로자가 있습니다

시원한 그늘에서 쉬고,

나는 토디 나무를 바라 보았다.

외형적 매력

돌로 쌓은 벽을 둘러싸고
우물이 구경꾼들을 끌어들이고 있다.

매끄러운 시멘트 바닥, 아름다운 식물
주변을 장식했습니다.
우아한 도르래가 황홀경을 일으키고
있습니다

사람들이 떼를 지어 몰려오고
있습니다
유명한 우물을 볼 수 있습니다.

하지만 우물은 오래 전에 말라
버렸습니다!

불일치

사람마다
다른 잣대.
한 사람의 벤치 마크라도
시간에 따라 달라질 수 있습니다.
수수께끼 풀기
잣대는 큰 도전입니다.

엘라나가

새로운 진리

쥐 잡기

언덕을 파는 것은 어리석은 일이 아니다

쥐가 걸렸을 때

작지만 예외적입니다.

결함

나는 부분적으로 알려진 단어들을 사용했다

내 시에서.

나는 그들의 본성을 온전히 알지 못한다.

그러므로

그 시에는 느낌이 부족했다

문제

차별은 뱀과 같고,

신중함은 개구리입니다.

개구리는 화가 났다

뱀이 물도록 요청하면.

뱀은 몹시 화가 났다

포기하라고 하면!

***

무관심 – 애프터 이펙트

드리타라슈트라의 무심함

울부짖는 드라우파디 앞에서

산불의 씨앗,

카우라바스를 태울 것입니다.

매력의 뿌리

그로테스크함은 사라지지 않는다

거울이 추방된다면.

사랑스러움이 싹트지 않는다

토양에는 아름다움의 씨앗이 없습니다

물을 주더라도.

대즐러

겉으로 드러나는 빛

머리에 앉아서
 티아라가 발찌를 바라보았다
 그리고 코웃음을 쳤다.
 당황한 후자는 걸어 나갔다
 멋진 음표가 뿜어져 나옵니다.

왕관은 악마처럼 춤을 추고
 발찌의 모욕을 소중히 여겼다.
 그러나 음악도 아름다움도 없습니다
 그 프론에 존재했다.

***

작성자 정보

엘라나가

엘라나가 (Elanaaga)는 필명입니다. 저자의 실제 이름은 Surendra Nagaraju 박사입니다. 그는 소아과 의사이지만 지금은 창작, 번역, 비평 등에 전념하고 있습니다. 그는 지금까지 33 권의 책을 썼다. 그 중 15 개는 원문 (주로 텔루구어)이고 18 개는 번역본입니다. 후자 중 8 개는 영어에서 텔루구어로, 10 개는 그 반대입니다. 시와 번역 외에도 언어 예의, 클래식 음악 등에 관한 책을 썼습니다. 그는 라틴 아메리카 이야기, 아프리카 이야기, 서머싯 몸의 이야기, 세계 이야기 등을 그렸습니다.

www.ingramcontent.com/pod-product-compliance
Lightning Source LLC
LaVergne TN
LVHW041541070526
838199LV00046B/1785